STANCES

LYRIQUES.

DIEU
DANS LA NATURE,

STANCES LYRIQUES,

PRÉSENTÉES A LA SOCIÉTÉ D'ÉMULATION DU LOT, POUR CONCOURIR AUX PROGRÈS DE L'AGRICULTURE, DES SCIENCES, DES LETTRES ET DES ARTS;

DÉDIÉES

A M.ʳ DE ST.-LUC, Président de la Société ;
Et à M. DE GRAINVILLE, *Évêque de Cahors,*
société ;

Par M.ʳ G. BARAS,

MEMBRE TITULAIRE DE LADITE SOCIÉTÉ.

A GOURDON,

DE L'IMPRIMERIE D'AUGUSTIN LESCURE, RUE DU MAJOU.

DIEU

DANS LA NATURE,

STANCES LYRIQUES,

Par M. G. Barau.

Jusqu'a quand verra-t-on les hommes,
Jouets d'une aveugle fureur,
Courir après de vains fantômes
Et flotter d'erreurs en erreurs ?
Tout est en proie à leurs systèmes ;
A n'écouter que leurs blasphèmes,
Il n'est ni vertus, ni forfaits ;
Et dans l'orgueil qui les énivre,
Le Dieu même qui les fait vivre,
Leur doit compte de ses bienfaits.

« Quoi ! j'encenserais le mensonge,
A dit l'Athée audacieux :
» Non ! l'Être divin n'est qu'un songe ;
» La crainte seule a fait les Dieux ».
Dans son pitoyable délire,

L'insensé, que n'ose-t-il dire !
« Le monde est un rêve menteur ».
Une œuvre, où tant d'intelligence
Eclate avec tant de puissance,
Peut-elle exister sans auteur ?

Le Dieu qu'honore le vrai sage
Est un Dieu visible et caché :
Il voile son front d'un nuage
Et désire d'être cherché.
Mais, si de sa gloire adorable,
Le foyer est impénétrable
Aux faibles regards des humains,
Les rayons de son existence
Brillent avec magnificence
Dans les ouvrages de ses mains.

Oui, par son immense harmonie,
L'ensemble des êtres divers
Rend gloire à l'immortel génie
Qui régit le vaste univers.
Accord frappant ; concert sublime !
Sous la main d'un Dieu tout s'anime ;
En ordre, tout marche à-la-fois ;
Et, soumis aux forces centrales,
Les corps ont des lois générales,
Et chacun a ses propres lois.

De lumière, source féconde,
Centre et mobile universel,
Le soleil est l'âme du monde :
Vive image de l'Éternel !
Subjugués par sa grande masse,

Des globes jettés dans l'espace,
A ses lois sont obéissans,
Et d'un vol constant et rapide
Tracent, sans erreur et sans guide,
Leurs cercles toujours renaissans.

Dieu dit : et la terre ébranlée
Roulant sur son axe incliné,
Décrit dans la plaine étoilée
Le trait par sa main dessiné.
Les douze palais qu'elle habite,
En formant son oblique orbite,
Ne sauraient suspendre son cours ;
Et toujours sa marche assurée
Fixera l'ordre et la durée
Des ans, des saisons et des jours.

Le soleil fuit : Un voile sombre
Va tout dérober à mes yeux......
..... Mais, non : bientôt des feux sans nombre
S'allument dans l'azur des cieux.
Leur lumière douce et timide,
Dans la nuit m'éclaire et me guide
Sans oser troubler mon sommeil.
O ! voûte en merveilles féconde !
En vous chaque point est un monde,
Chaque étincelle est un soleil.

Mais, de Dieu, si dans leur langage,
Les cieux annoncent la splendeur,
Partout la terre offre l'image
De sa gloire et de sa grandeur.
Je foule à mes pieds les miracles :

Tour-à-tour les plus grands spectacles
Viennent partager mes transports ;
Le torrent des êtres m'entraîne
Vers la sagesse souveraine
Qui calcula tant de rapports.

Quel bras élevant les montagnes
Et creusant nos riants vallons,
Aplanit le dos des campagnes
Pour y semer l'or des moissons ?
N'est-ce pas ce Dieu tutélaire
Qui, des mers brisant la colère,
Tient captifs leurs flots mutinés,
Qui, dans l'air, suspend les nuages,
Qui soulève les noirs orages
Et commande aux vents déchaînés ?

Sa voix a frappé les abîmes :
Soudain j'y vois les élémens
S'unir par des liens intimes
Et de féconds embrassemens.
Déjà les terres s'organisent,
Les minéraux se cristallisent,
L'eau coule du sommet des monts ;
La roche asseoit ses lourdes masses,
L'or m'éblouit *par ses surfaces*,
Le fer m'enrichit par ses dons.

Quelle est cette graine légère
Qui tombe et roule au gré des vents ?
La terre, en bonne et tendre mère,
S'entr'ouvre et la met dans ses flancs.
Un souffle vital la pénètre,

La développe, et voit naître
L'humble fils de l'orme orgueilleux :
D'abord il se cache sous l'herbe,
Mais bientôt sa tête superbe
S'élève et se perd dans les cieux.

Mais déjà le printemps s'empare
De nos bois et de nos vergers,
La racine attire et prépare
Des sucs devenus plus légers.
Un feu nouveau gagne la sève,
Elle bouillonne, elle s'élève ;
Et, coulant par mille canaux,
La feuille étend sa verdure,
La fleur étale sa parure,
Et le fruit charge les rameaux.

Sur la fleur où la pourpre brille
Est le signal d'un grand dessein :
Voyez la nombreuse famille
Qui croît à l'ombre de son sein !
C'est une couche nuptiale ;
Le doux parfum qui s'en exhale
Enivre un époux attendri ;
Près de lui, l'épouse facile
Reçoit la poussière fertile
Qui féconde un germe chéri.

Ici la nature savante
Anime bien plus ses tableaux ;
Les divers essaims qu'elle enfante
Peuplent l'air, la terre et les eaux :
Chaque brute a, dans son espèce,

Ses formes, ses mœurs, son adresse ;
Elle est instruite sans leçon,
Et souvent au nouveau prodige,
L'aveugle instinct qui la dirige
R'abaisse ma fière raison.

Mais, tout mon orgueil se réveille
Quand je veux me considérer :
L'homme est la plus grande merveille
Qu'il puisse lui-même admirer ;
Combien de prodiges ensemble
Sa frêle machine rassemble !
Tout y porte le sceau divin ;
Je reconnais à sa structure
L'enfant chéri de la nature
Et le chef-d'œuvre de sa main.

Fleuve embrâsé ! bouillant Méandre !
Le sang qui jaillit de son cœur,
Avec quel art va-t-il reprendre
Ses flots de vie et de châleur !
Des filtres séparent la bile,
Un fourneau travaille le chile :
Là se façonne un sang nouveau,
Ici l'homme se perpétue,
Et partout l'âme distribue
Les étincelles du cerveau.

Invisible, et du haut du trône,
Au corps elle dicte sa loi :
C'est là qu'elle sent, juge, ordonne,
Par elle tout se meut en moi ;
Mais quelle chaîne merveilleuse !

..... Arrête, raison orgueilleuse,
Dieu seul peut saisir les accords
Qu'il mit entre une âme immortelle,
Pur esprit, divine étincelle,
Et la masse inerte du corps.

Pourtant à la nature entière,
L'homme commande en souverain,
Il parle, et la brute grossière
Tremble, fuit, ou reçoit un frein;
Tout cède à ce maître du monde,
L'air et le feu, la terre et l'onde
Servent à l'envi ses désirs;
Et par la puissante énergie
Des sens que l'esprit vivifie,
Il soumet tout à ses plaisirs.

De son goût, l'organe mobile,
Appelle et choisit l'aliment
Dont son odorat plus tranquille
Reçoit le doux pressentiment;
L'oreille est sa garde assidue;
Par les prompts éclairs de sa vue,
Il s'étend et touche les cieux;
Sa main, juge austère et rigide
Doute encor, s'assure et décide
S'il doit en tout croire à ses yeux.

Au feu sacré de la justice,
Sa raison épure ses loix,
Il condamne et flétrit le vice,
Il fixe à la vertu ses droits;
Des beautés du monde sensible,

Il s'élève au monde invisible ,
Et porte son regard surpris
Jusques sur la cause première
Qui se joue avec la matière
Et qui se peint dans les esprits.

Mais hélas ! ce Monarque auguste ,
L'homme, par quel désordre affreux
Est-il sous un Dieu bon et juste,
Faible , souffrant et malheureux ?
Son cœur , par un schisme funeste ,
S'attache au vice qu'il déteste
Et fuit la vertu qui lui plaît ;
Timide , vain , jaloux , colère ,
Il projette , il doute , il espère :
La mort le frappe et disparaît !

D'où vient ce monstrueux mélange
De misères et de grandeurs ?
Ce cahos, cet abîme étrange
De ténèbres et de splendeurs ?
Otez du monde un Dieu suprême,
L'homme est un mystère à lui-même ;
Mais , suis-je soumis à ses loix ?
Il n'a plus rien d'inconcevable ,
En lui je vois un roi coupable
Puni par le juge des rois.

Oui , la paix qu'affecte l'impie ,
N'est qu'un simulacre imposteur ;
Combien est plus digne d'envie
Le sort de l'humble adorateur !
Son âme ici - bas étrangère

Dédaigne l'ombre passagère
De l'humaine félicité ;
Sur les ailes de l'espérance
Il franchit le temps et s'élance
Au sein de l'immortalité.

GRAND Dieu ! ton pouvoir est immense,
Ta pensée un secret profond ;
Tout vit de ta munificence
Et ta sagesse me confond.
O ! mon Roi ! mon juge ! mon Père !
Par qui je suis, en qui j'espère :
Que j'aime à chanter tes bienfaits !
Mais, devant ta gloire immortelle,
Ma voix se refuse à mon zèle :
Je me prosterne et je me tais.

FIN DES STANCES.

LE

VIEILLARD RUSTIQUE

PHILOSOPHE,

PAR LE MÊME.

HEUREUX qui dans ses champs, sous son humble chaumière,
De ses jours fortunés voit courir la carrière !
Heureux qui peut vieillir dans ces aimables lieux,
Témoin de son enfance et de ses premiers jeux !
Un bâton à la main, jouet de son jeune âge,
D'un pas grave il parcourt son petit hermitage ;
Et du terme sacré, placé par ses aïeux,
Il vient interroger le témoignage heureux.
Connaissant la fortune et son éclat perfide,
Il vit loin des grandeurs dont la foule est avide ;
Sourd à l'ambition, sur des bords étrangers,
Il ne cherche point l'or au milieu des dangers :
Jamais il ne craignît pour ses biens, pour sa vie,
Les écueils de la mer, ni la flotte ennemie ;
Aux pieds des tribunaux, jamais de ses clameurs,
Il ne fît retentir les sons profanateurs.

Ainsi loin du tumulte et du bruit de la ville,
Il est bien plus heureux dans son champêtre asile;
Son cœur ne connaît point les soucis, les chagrins,
Et le ciel est pour lui toujours pûr et serein.
Au règne des héros il ne fixe point l'âge,
Les travaux, les moissons, servent à cet usage:
Le retour du printemps est marqué par les fleurs,
L'automne par ses fruits, l'hiver par ses rigueurs;
Et Phébus s'élevant dans la plaine azurée,
Par le soir ramené vient finir la journée;
Au chêne, faible encor, il fournit un appui,
Il l'a vû s'élever : il vieillit avec lui.
C'est ainsi qu'il s'avance au terme de la vie;
Cependant le temps vient, et sa faulx ennemie,
Malgré soixante hivers surchargés de vingt ans,
Trouve encor le vieillard à ses premiers instans,
Qu'un autre parcourant un nouvel hémisphère,
Recherche envain le terme où finit la lumière;
On dira de celui qui l'aura parcouru :
« Il a plus voyagé; mais, l'autre a plus vécu ».

FIN.